내 별인 사람에게..

발 행 | 2023년 4월 20일
저 자 | 윤 노엘라
펴낸이 | 한건희
펴낸곳 | 주식회사 부크크
출판사등록 | 2014.07.15.(제2014-16호)
주 소 | 서울특별시 금천구 가산디지털1로 119 SK트윈타워 A동 305호
전 화 | 1670-8316
이메일 | info@bookk.co.kr
ISBN | 979-11-410-2529-8

www.bookk.co.kr
ⓒNoella Yoon 2023

*이 책의 서체는 PyeongChang Peace체, JejuGothicOTF체, Cafe24Ssukssuk체,
BingnraeTaom체, KyoboHandwriting2021sjy체 를 사용하였습니다.

또한 한국의 전통과 풍경에 관심이 많아 그림 안에 그 요소들을 그려넣고 있답니다.
제 작업이 여러분들에게 큰 위로가 될지는 모르겠지만
잠깐의 '쉼'이 되는 작업이 되길 바랍니다.
여러분의 하루가 작은 행복으로 가득가득 채워지시길...

안녕하세요. 윤노엘라 입니다.

저는 제주에 살면서 일상 안에서 마주한 동화 같은 순간들을 짧은 이야기로 엮고,
그 이야기들을 그리고 있어요.
그리고 이야기에 어울리는 그림스타일을 계속 연구하며 작업을 진행하고 있지요.
또한 한국의 전통과 풍경에 관심이 많아 그림 안에 그 요소들을 그려넣고 있답니다.
제 작업이 여러분들에게 큰 위로가 될지는 모르겠지만
잠깐의 '쉼'이 되는 작업이 되길 바랍니다.
여러분의 하루가 작은 행복으로 가득가득 채워지시길...

이메일 : noella9340@gmail.com
인스타그램: @dar_noel_yoon
유튜브: www.youtube.com/@Noella_Studio

내 별인 사람에게..

글, 그림 **윤노엘라**

쏴아아 ー

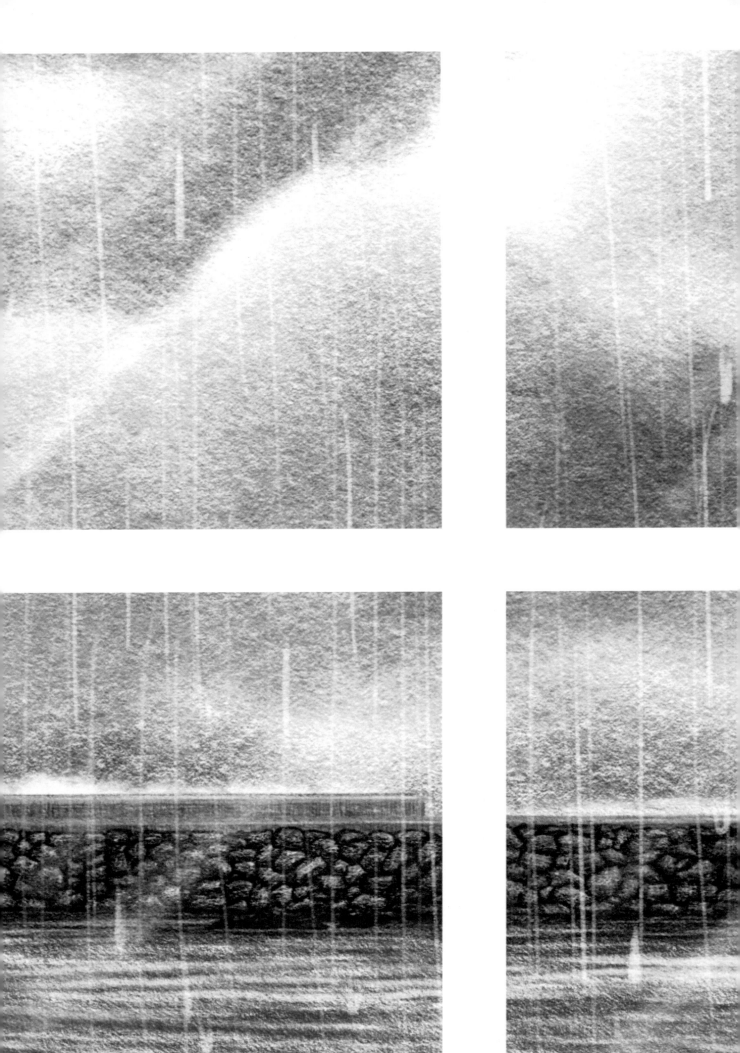

쏘옥

쏘옥

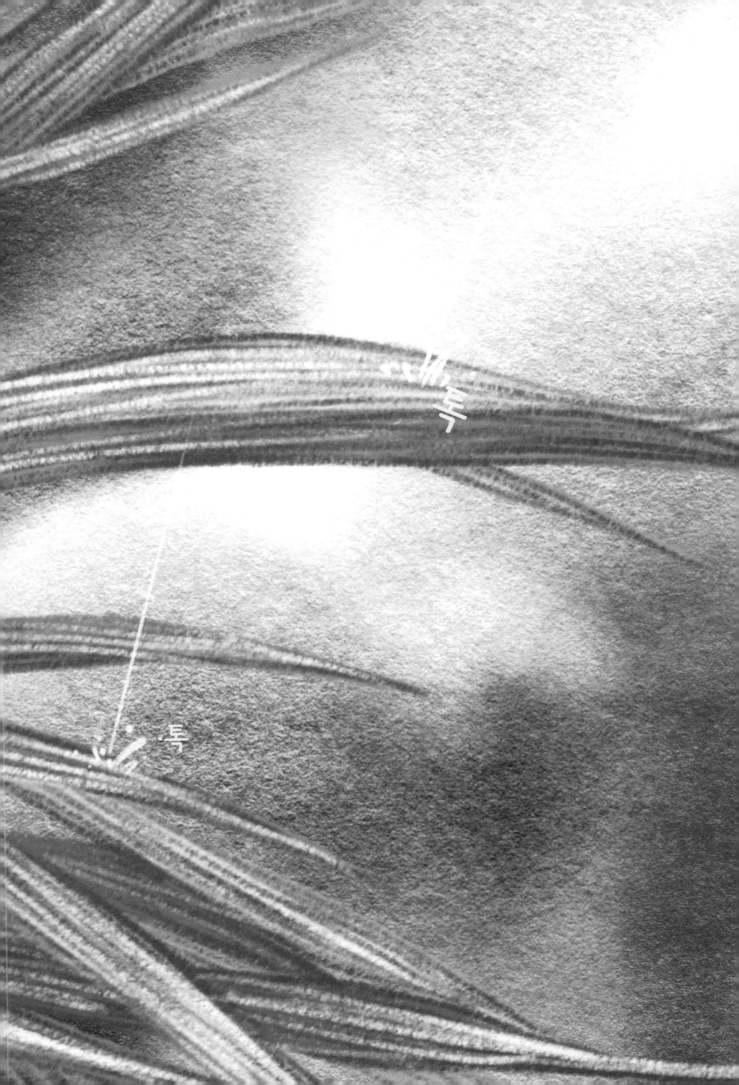

쏴아아 —

토독 - 토독 -

"사장님, 혹시 우산을 빌릴 수 있을까요?"

"그럼요!! 저기 있는 우산들 중에 사용하세요.

주인을 잃은 우산들이거든요."

주인 잃은 우산 입니다.

필요하신 분들

가져가세요 .

부우웅 —

"학생~ 우산 못챙겼어?"

"아...네."

"여기~ 아저씨 운전석 뒤에 우산 걸려있어.

하나 챙겨가.

주인 잃은 우산들이거든."

"아저씨, 감사합니다!!"

"감기 조심해!!"

"네!! 아저씨도 감기 조심하세요!!"

쏴아아 —

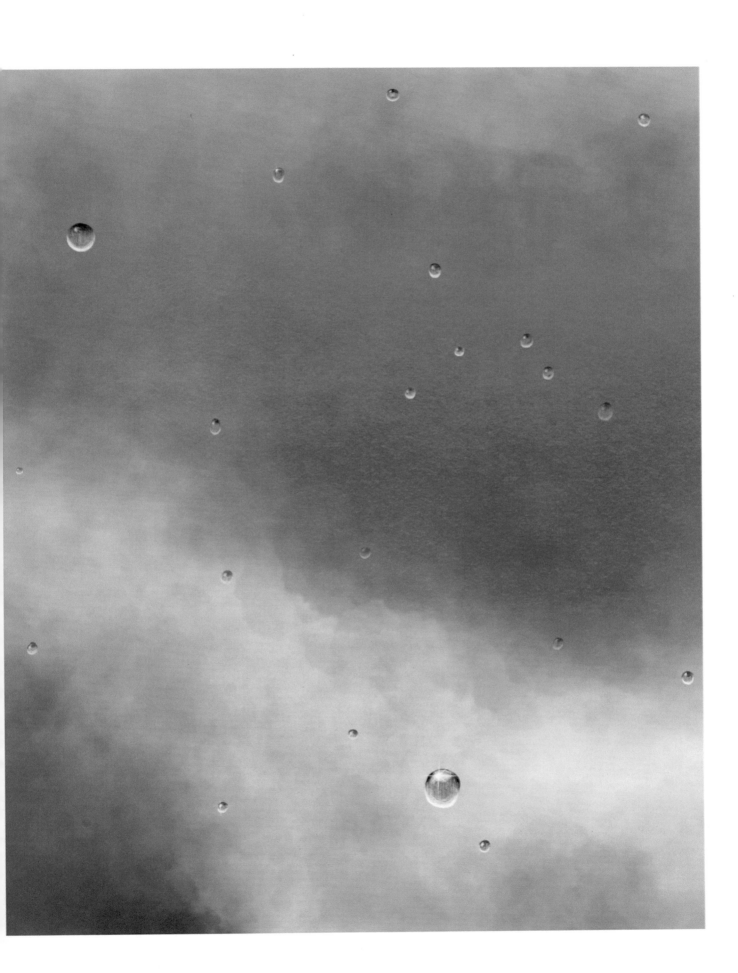

휘이이잉 —

휘이이이잉 -

"아이고... 딱해라.

나랑 같이 가자."

"우와!! 아빠~

이 우산, 제가 사용해도 돼요?"

"마음에 드니?"

"네!!

아빠가 손수 고쳐주셔서

더 마음에 들어요."

철썩—

철- 썩-

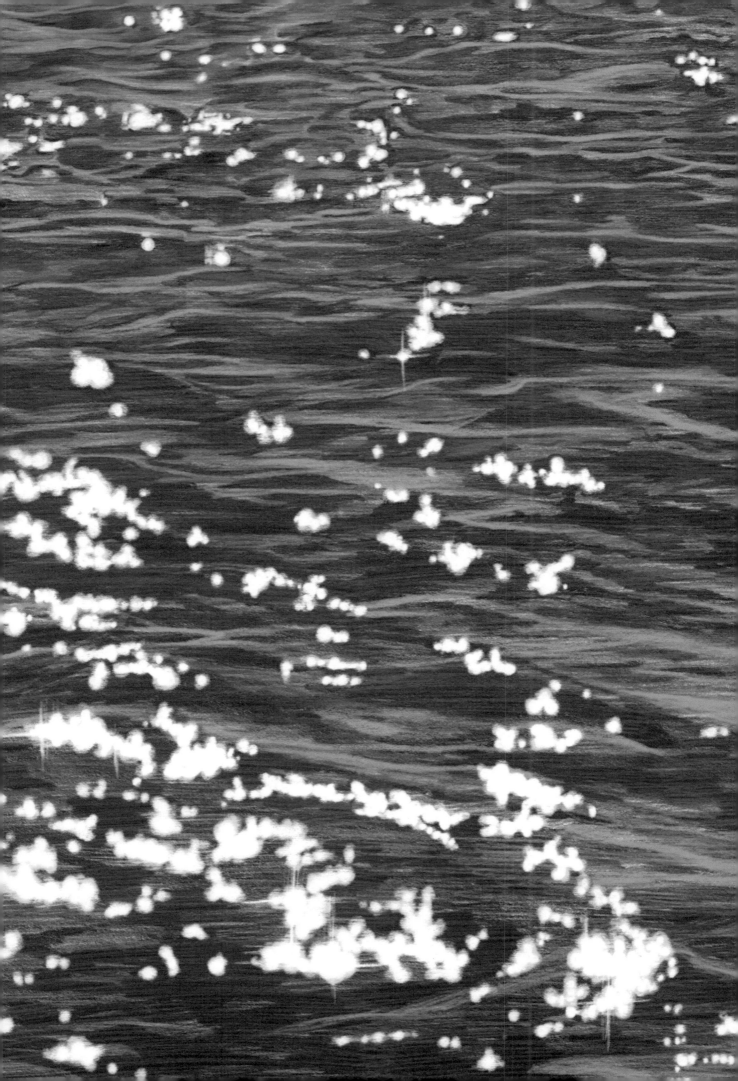

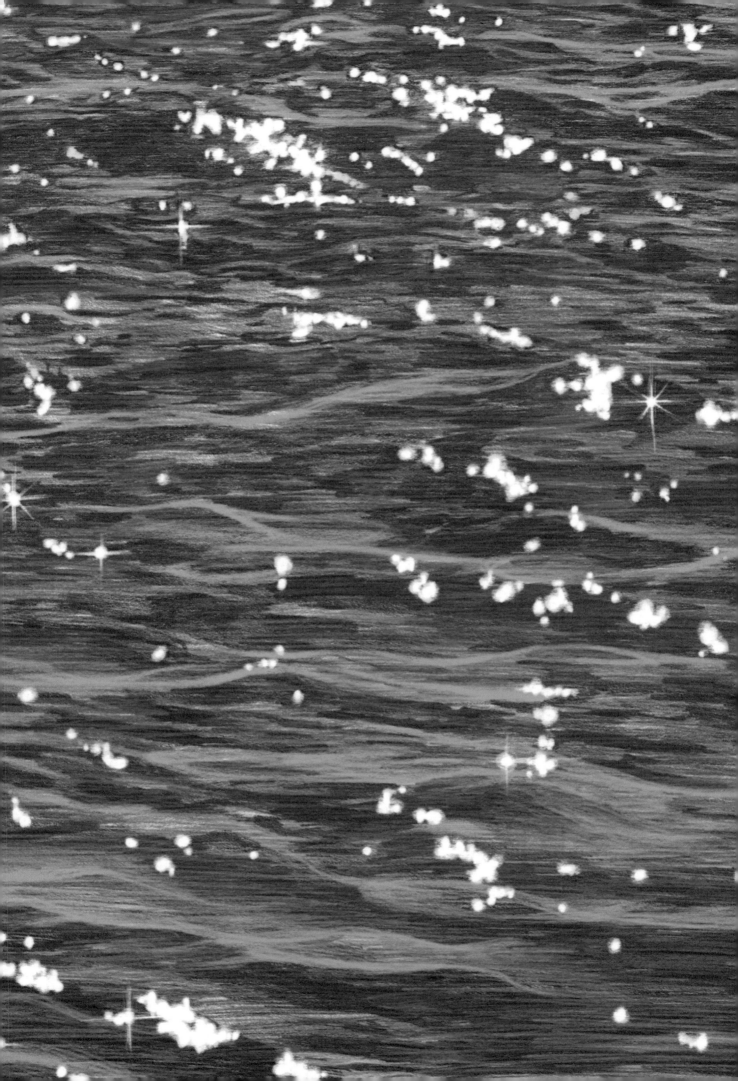

"아빠, 그거 알아요?"

"뭐를?"

"우산은 다정해요.

며칠 전에요.
문뜩 이런 생각이 들었어요.
'나를 대신해서 비를 맞아주는구나.
참 다정하다.' 하고..."

"그랬구나....

우산에게 너도 다정한 존재일 거야.

이렇게 볕도 쐬어주고,

소중히 대해주잖니."

"음.... 정말 그랬으면 좋겠어요."

쏴아아아 ─

"아빠~ 비가 와요!

산책 갈까요?"

"좋지!!"

"우와~ 너무 예쁘다!!"

"음.... 정말.

운치있구나."

작가의 말.

상처 입었던 사람은

상처의 아픔,

상처가 아물기까지의 시간....

그 상처가 흉터가 되기까지의 모든 기억을 안고 살아가죠.

그래서 상처 입은 사람들에 더욱 공감을 하고

덧날까 조심할지도 모르겠어요.

.

.

아마도 그 옆에서 그저 있어줄 뿐일지도요.

옆에 있는 그 시간들은
볕이 따뜻하게 내리고 있는 것과 같을 거예요.

언제나 내리쬐고 있지만..
볕이 나는 걸 인식하지 못하는 것처럼...
조용히, 그저 옆에 머물고 있을지도요.
상처가 예쁘게 아물기를 바라면서요.

여러분에게 가닿기를 바라며..

2023년 봄날에
윤노엘라 드림.